控

诉

东方出版中心

图书在版编目(CIP)数据

控诉/巴金著. —上海：东方出版中心，2017.8
（巴金别集）
ISBN 978 - 7 - 5473 - 1165 - 3

Ⅰ.①控…　Ⅱ.①巴…　Ⅲ.①散文集-中国-现代
Ⅳ.①I266

中国版本图书馆 CIP 数据核字(2017)第 179402 号

控诉

出版发行：东方出版中心
地　　址：上海市仙霞路 345 号
电　　话：(021)62417400
邮政编码：200336
经　　销：全国新华书店
印　　刷：上海天地海设计印刷有限公司
开　　本：787×1092 毫米　1/32
字　　数：45 千字
印　　张：3.5
版　　次：2017 年 8 月第 1 版第 1 次印刷
ISBN 978 - 7 - 5473 - 1165 - 3
定　　价：15.00 元

东方出版中心邮购部　电话：(021)52069798

目　录

前　记

　　我把五六年前发表过而未收入集子的两篇散文和最近三四个月中写的一些短东西集在一起，编成了这样的一本小册子。现在我诚恳地将它献给关心我的行动的读者诸君。

　　我写这些文章的时候，心情虽略有不同，用意则是一样。这里面自然有呐喊，但主要的却是控诉。对于危害正义、危害人道的暴力，我发出了我的呼声："我控诉!"

　　　　　　　　　　巴 金　1937 年 11 月在上海。

从南京回上海[①]

　　日军开始进攻闸北的那个夜晚，我正在由沪开京的火车里，所以我很安全地给火车从丹阳载回南京了。是的，我是很安全的，虽然南京方面的朋友曾写信到上海去打听我的下落，上海和各

---

　　① 本篇最初发表于一九三二年七月一日《大陆》第一卷第一期。

　　这篇文章在当时上海的一种短期的抗日救亡的日刊上连载过，后来作为附录印在一九三二年出版的中篇小说《海的梦》的后面。以后我编印《控诉》（1937）和《旅途杂记》（1945）时，又把它收在这两本小书里面。这几本书的印数都很少，因此这篇文章的读者并不多。（一九五九年注）

地的朋友又耽心我会葬身在闸北的火窟，但是我终于把这个身体和这个生命保全下来了，并没有受到丝毫的惊恐。

一月二十九日早晨四点钟，我在寒气的包围中进了下关的火车站。天还没有亮，电灯光显得暗淡，一些失望的男女乘客缩着头坐在长凳上等候天明，另一些人集在一处激昂地谈论上海的事。我找不到一个座位，就在各处徘徊一直到七点钟。这三个钟点的时间在我一生里恐怕是最长的了。我有几次竟然疑心我是在做梦，我问自己："这些人在这里究竟干什么呢？我为什么也在这个地方？"

有一次我在一个警察的身边站住了。这是一个身材并不高大的北方人，他带着激动的表情用激昂的声音叙说上海的冲突："在电话机上听得见机关枪的声音，在上海北火车站上正有人在喊救命！"这几句话沉重地进到我的耳里，我的心痛着，我觉得整个的世界都在动摇了。在和平的地方用机关枪屠杀和平的人民，有人在喊救命。无论南京和上海隔了多少远，无论我的眼前现出了怎样和平而凄凉的景象，这个消息也可以使我的血沸腾。憎恨迷了我的眼睛，我在心里发出恶毒的诅咒，在一个短时间内我几乎忘记自己了。但是过了一些时候，冷气打击我，使我渐渐地清醒起来。我偶然埋下头去看我的身子，我看见右手拿的那根朋友送给我的手杖和左手拿的一本书。失望猛然来袭击我的心。我第一次发见了我自己的脆弱。在这个时候书本还有什么用？啊，你读书的人有祸了。

天终于亮了。在晨光熹微中我回到了那个冷清清的旅馆。一路上尽是安闲的景象，我所看见的一切都给我否定刚才的消息。看见缓缓地走着的行人和车辆，听见各处的笑声，我不禁放了心安慰自己道："很安静的，没有什么事，那不过是梦魇。"于是我走进旅馆睡觉了。

下午醒来，到一个朋友那里去。朋友看见我便惊喜地说："原来你回来了！我们正在替你耽心。"我很感激朋友的关心，但是我看见桌上的一张《新民报号外》，我的心又被沉重的石头压紧了。"闸北大火；居民死伤无算。"我固然安全了，但是那许多人呢，那许多住在闸北的人呢？我三年来朝夕看见的人，朝夕经过的地方如今怎样了？这时候，在这大灾祸来临的时候，我还能够为自己的安全庆幸么？

"你的地方恐怕烧掉了，真可惜！不知道还有些什么东西？"朋友惋惜地说。

"不过一些旧书，索性烧掉了也好，我已经被书本累了一生了。"我带笑地回答说。这一次我骗了自己了。那许多书是我十多年来辛辛苦苦地搜集起来的，难道我能够没有一点痛惜的感情么？

"看这情形，上海是没法回去的了，天津恐怕也危险。你还是准备在南京多住几天罢。住旅馆不方便，搬到我这里来住好些。"这是朋友的殷勤的劝告，在平时我很喜欢听这样的话。但是这时候它们却把我的希望杀死了。上海有我的许多朋友，有我的住处，有我喜欢的那些书；那里还有……而且，在日兵用大炮轰击、用机关枪扫射、

用炸弹炸毁上海的时候，我无论如何不能够安静
地住在南京。我没有回答朋友的话，我只有苦笑。
我却在心里说："如果找不到机会牺牲我的生命的
话，我至少也应该回到上海去经历那许多人在这
些日子里所经历的痛苦。在南京太安静了，太寂
寞了！"

　在朋友那里所谈的只有愤激的话和痛苦的话。
朋友也是一个有心而无力的人，他的身体比我的
坏得多。他患肺病，最近还吐过血。他是需要静
养的。① 我和他多谈话，只有增加他的痛苦。我
看见他那没有血色的脸上怎样燃起了愤怒的火。
然而他和我一样能够做什么呢？他有一张口、一
双手，和我一样；但是我们的口只能够在屋子里
叫，我们的手只能够拿笔。总之，我们太软弱了。
我不能够安慰他，我也不能够从他那里得到一种
力量。我们就这样凄凉地分别了。在和他握手的
时候，我甚至疑惑这是否我们最后的一面，我疑

---

　① 这位朋友就是散文作家缪崇群。

惑像我们这样软弱的人是否还有机会继续生存在这个时代里面。

从朋友处出来，天已经黑了，晚风吹着我的脸，我坐在黄包车上，任车夫把我拉过荒凉的街道。我伸起颈项向天空望，我想看见上海的大火，我想听见被屠杀者的挣扎的呼号，我想听见大炮的怒吼。然而天空中只有黑漆漆的一片，周围又是死一般的静寂。于是车子又走进了热闹的马路。是辉煌的灯光，是笑语的人群，是安闲的行人。我用力注视这一切，我想证实这不是假象。我的心似乎得了一瞬间的安慰。然而一个孩子的叫喊又把我的梦惊醒了，这是叫卖晚报的。"看东洋人在上海打败仗！"他大声叫道。他的身边马上聚集了一小群人，于是晚报一张一张地散布出去了。我想买一张来看，可是我的车子已经把卖报小孩抛在后面了。我的脑子里还留着"东洋人在上海打败仗"一句话，而我的车子已经走过一家灯光辉耀的电影院门前了。

不用说，卖报小孩带来的并不是坏消息。对

于屠杀人民的日兵的败亡，我是万分欢欣的。然而这个消息同时却给我带来一幅悲惨的图画：烧毁的房屋，残废的尸体，逃难的居民。这样的图画对我来说，并不是新鲜的。我这一生已经见过不少这样的图画了。然而像这一幅侵略者有计划的大屠杀的图画，我却是第一次见到。我的耳朵已经被凄惨的哭声充满了。我的眼睛也不能够分辨周围的景物了。我在一家书店门前下了车，呆呆地在那里站了一会儿。

柜台上放着晚报，几个店员聚在一处埋下头热心地读着。我也把头伸了过去。报上的重要消息都是《新民报号外》上刊载了的，只多了一些日兵暴行的记载。

"这一次非打个死活不可，这是我们唯一的生路了，"一个年轻店员挣红脸说。

"今天十九路军开拔赴前线，经过这里，我们首先放鞭炮欢送。兵士自动地喊起打倒日本帝国主义的口号，这是从来没有过的事，"年纪较大的老板说。

我默默地望着他们。我心里想：如果有一天日本兵到南京来屠杀的时候，这些和平的市民也会跟敌人拼个死活的。这些手看起来似乎软弱，但是有一天它们拿起刀来，也会向屠杀者的头上砍去罢。我虽然是一个反战主义者，但是为自卫、为抵抗强权的战争，我却拥护，而且认为是必要的。

中国人也并不尽是阿Q主义者罢，只要我们能够不顾一切的牺牲、起来为反抗强权而战斗，我们还是有望的，也许比帮助本国军阀去屠杀异国人民、或者在这时候还袖手旁观的日本人更有望罢。——我去找另一个朋友的时候，他对我发表了这样的意见。

二十九日过去了，三十日也过去了。在南京我还没有看出什么大的变化。人们依旧在准备过旧历新年，电影院依旧在开映什么巨片，饭店酒楼里依旧坐满了客人。所不同的是装有无线电收音机的商店的门前，在一定的时间内站满了带着严肃表情的群众，因为中央党部每天要播送两次上海的电讯。《时事新报》分馆的门前也是非常拥挤，在那里贴满了许多新到的"电讯"。我住的旅馆离那个地方很近，我也常常去看"电讯"。它们带来的自然是好消息，但也有坏的，如日军残杀和平市民、焚烧市房之类。当我读到"日兵大败，死伤无算……"这一类句子的时候，我也和那许多的观众一样，差不多要欢叫起来。我并不曾想到那些人也有家人父母，他们的死也会给某一些和平的人带来不幸；我只感到痛快。我是被憎恨迷住眼睛了；憎恨不仅迷住我的眼睛，而且还种了根在我的心里。

找朋友谈话是我在这些日子里的唯一的事情，我们所谈的全是关于上海的事件。朋友中没有一个不主张跟日本帝国主义者作战到底，没有一个不希望日本兵在上海败亡。然而大家都觉得这里离开战地太远了，不能够听见大炮的怒吼，不能够听见兵士的呐喊。在冷静的环境里，热情只有使我们痛苦，我们第一次感觉到隔岸观火的痛苦了。"回上海去！"差不多成了我们几个朋友的口号，这些朋友都是因为种种事情从上海来的，他们被这次事变阻留在南京了。

三十一日的早晨，天落着微雨，我刚刚起床，一个朋友就从中央研究院打电话来叫我到他那里去。我坐车去了，他一见面就告诉我"政府搬家了"。于是从他的口里我知道了本日报纸上的一些重要消息。他又约我同去看另一个朋友，这个朋友新近被选做了国民党的中央委员，我们想从他那里打听那些报纸上不能够发表的消息。然而我们失望了。那个朋友连政府搬家的消息也不知道。他又去把同住的另一个中央委员找来，那个人也是什么都不知道。这时候报纸来了。大家读着报。我读了国民政府迁都的宣言，没有说什么话，心里想：这也许就是在准备"长期抵抗"罢。

我别了那两位中央委员，跟着中央研究院的朋友到他的未婚妻那里去。她已经准备回家了。据说昨夜迁都的消息传出来以后，有人"宣传"日本飞机要来炸毁北极阁的军用无线电台，害得中央大学的女生一夜没有睡，今天早晨就有许多人动身回家了。

我们从那里出来，一路上看见来来往往的搬运行李的车辆。南京人骚动起来了。市民虽然没有发表宣言，实际上也开始在迁居了。到了另一个朋友那里，我们遇见了一位青年政治家，他得意地解释迁都之必要。我笑着回答道："洛阳太近了一点，最好是迁到迪化去，那里军舰开不到，飞机也要飞两天才到得了那里。那里才是安全的地方。"青年政治家没有说什么，他似乎觉得我太过虑了。

我又到患肺病的朋友那里去，房间里已经坐了同住的四五个人，我在他那里耽搁了许久。我们叫人去买《新民报号外》，据说这一天没有号外，因此我们疑心上海方面一定发生了不利的事，或者无线电报也不通了。有人打电话到各处去问消息。后来消息来了：日兵和美国兵在虹口冲突；日军派飞机三十架向长江上游飞来；南京下关原有日本兵舰三艘，中国政府限令在二十四小时内离开，日方不但不答应，反而增加了四艘军舰。

这些都不是好的消息。南京似乎马上就要发生惊天动地的巨变。那个送手杖给我的朋友是有家眷的，他显出了焦虑的样子。我安慰他说："不要紧，就是日本飞机来丢炸弹，也未必就会落到这里来，况且南京也还有中国飞机。"这位朋友苦笑道："我是不怕的。"

临去的时候我还向那个患肺病的朋友借了一笔路费，因为我回到上海就是一个无家可归的人了。我本来还想到天津去看我的哥哥，他或许以为我已经葬身火窟。但是"回上海去"四个字无一刻不在我的脑子里盘旋。

这一次别了这几个朋友，心里倒很感伤，我想该不就是诀别罢。在这个混乱的时代中谁能够保证自己会活到明天，况且我又要回到上海的火窟去！

在黄包车上看着周围黑暗模糊的景色，我觉得自己好像是另一个世界里的人，眼前的一切都已经和我不生关系了。我的脑子里只有火花；我的耳边只有炮声。荒凉的街道走完了，我看见了灯光辉煌的马路。我望着，我茫然地望着。忽然，我的眼前什么也没有了，马上就出现了一个黑暗的世界。"电灯熄了，"车夫惊讶地说，于是放慢了脚步，他害怕撞到迎面来的车子。我的车上虽然点得有油灯，可是灯光很暗。车夫在黑暗中摸索着。我在短时间内竟然分辨不出路的方向。偶尔有铃声在我的耳边响起来，我明白有车子在我的身边走过。忽然车子停了。我才知道现在到了鼓楼的一个旅馆。

我有两个从汉口来的朋友住在这个旅馆里。他们本来要到上海去，现在也给阻留在南京了。我在黑暗中摸索了好一会儿，才走到他们的房门口。没有灯光，我想我也许白跑了。但是我叫了一声。男的在里面答应，一面擦了火柴出来。随后他点燃了洋烛，我看见女的还在吃馒头，桌上摊开了一个纸包的冷肉，现在只剩下几片了。这就是他们的惨淡的晚餐。这位朋友告诉我：另一个朋友已经带了家眷到河南去了；还有一个朋友就要搭船到上海去。火车只通到苏州，他曾去下关问过。我想既然有船开到上海，还是搭船回上海去罢，纵使冒一次险也值得。于是我和这两位朋友决定了一块儿到上海去，就由他明天到中国旅行社去打听船期。

因为想知道一些更确实的消息，朋友便约我去看一个在某某部做事的友人。我们辛辛苦苦地从城北坐车到城南，快要到了那个人的寓所时，我的车夫忽然迷失了道路，只有那位朋友才知道我们要去的地方，我一点也不能给车夫帮忙。这时我们在一个泥泞的巷子里，黑暗和寒冷从四面包围过来。我的车夫拼命用他的疲倦的声音喊他的同伴。没有一点应声，也没有人出来问话。我焦急地坐在车上，我只得叫车夫回转去慢慢找寻。后来在十字路口两个车夫碰见了，他们互相抱怨。朋友告诉我，我们拜访的那个友人在一夜的功夫搬走了，只剩下一间空屋子，不知道他一家人搬到了什么地方。这时候电灯突然又放光明，我们心里也轻松了些。

二月一日早晨，汉口的朋友到我的旅馆来。

他说刚刚到中国旅行社去问过，说一日、二日都没有轮船开往上海。但是我翻看当天的报纸，上面又明明载着二日有下水船开。我对朋友说，最好是亲身到下关轮船码头去看看。我们约定明天同去。但是朋友却有点迟疑，他说中国旅行社一定知道得更清楚。

过了一会儿，中央研究院的朋友来了。他本来约定昨晚上在一个地方和我见面，然而到那个时候中央大学的电灯突然全灭了，整夜没有亮，他的未婚妻非常害怕，要他留在那里陪伴她，所以他失了约。他现在要送未婚妻回家去，就在京沪线上一个大城市里。他们两个都希望我到那里去暂住几天。他的邀请不消说是十分恳切，但是我谢绝了。这个时候我只想回上海去。他扫兴地走了。临行他还嘱咐我在南京等他，说是两三天内就回来，不过我想一定不会有这样快。

我送走了这两位朋友，便出去看一个城北的友人。他的夫人正在收拾行李。他对我说，打算出去在城南找一家旅馆，搬过去暂住几时。他说昨晚上房东招呼他们在十点钟就熄灯，说是怕有日本飞机来丢炸弹，这一番话把他们夫妇吓坏了，所以他宁愿牺牲预先付了的一个多月的房钱马上搬到城南去。城南究竟安全得多。我又陪着他出去找旅馆。一路上许多载行李的车子在我们的身边跑过。城北的人络绎不绝地往城南搬。旅馆在很短的时间里就住满了客人。我们费了许多功夫，问过了许多家旅馆，才找到了两个房间，房里没有光线，而价钱却不便宜。

我又会见了几个朋友，有两三位好几年不曾见面了，却想不到在这里遇着。我还应该感谢一个在贫儿院做事的年轻朋友，在这几天里他给我帮了不少的忙。后来我对一个消息比较灵通的朋友说起回上海的话，他便告诉我，下水船一定不会开，因为一则过吴淞口会被日本兵舰开炮轰；二则上海租界当局怕界内粮食缺乏会禁止搭客登岸。我并不相信这种话。我说，只要有下水船开，即使冒危险，我也得去试一试，留在南京太没有意思了。

回到旅馆已经是夜间十点多钟了。我接连打许多次电话找人，都没有打通。我很疲倦，便早早地睡了。我刚刚上了床电灯突然灭了。恰恰在这时候一个处在和我同样情形里的朋友进来了。他本来约定在我这里睡，却来得这样迟，我还以为他不来了。这时我便叫茶房给他铺了床。我问他外面有什么消息，他说："不知道。"我就不再说话了。

二日早晨我打电话，依旧打不通。汉口的朋友来了，他告诉我昨晚下关的日本军舰向城内开炮。鼓楼方面落了一个炮弹。许多人一晚没有睡。而我和朝鲜朋友（就是昨晚上睡在这里的那个人）简直不知道。《中央日报》上并没有战事的消息。我们出去，市面上的景象似乎有些不同了。店铺没有开门，行人的脸上带着慌张的颜色。沿途搬行李往南走的黄包车和汽车接连不断。时事新报分馆的门前贴了大张的号外，说昨晚十一时日本军舰向下关和城内开炮，下关的时事新报分馆也中了弹。日本兵竟然在南京开炮了！在国民政府迁走以后，难道还有轰击南京市民的必要么？这个消息使得许多人愤怒。是的，昨晚下关的炮声打破了南京市民的沉默了。我亲耳听见身边的一个市民说："为什么炮台不还炮呢？难道还要坚持不抵抗主义吗？"我默默地看了那个人一眼。这是一张瘦削的脸，微微有几根胡须，衣服穿得并不好，看不出是一个怎样的人。我想如果日本兵真要把上海的惨剧搬到南京来重演的话，即使政府仍然不抵抗，人民也会起来保卫自己跟侵略者拼命的。中国人究竟也是有血有肉有感情的人，并不是任人宰割的猪羊。

汉口的朋友走了。他回去收拾行李，约定我吃过中饭到鼓楼去找他，再同到下关去看船。我又去看一个湖南朋友，他住在我的旅馆的斜对门。他告诉我说，他的夫人昨晚听见炮声吓得哭起来，一夜不敢睡。他详细地向我叙述昨晚的恐怖的情形，这都是我所不知道的。我应该感谢梦，它使我免掉了这些多余的恐怖。他约我一道出去，在夫子庙一个茶楼里吃了作为中饭的点心，同去的一共五个人，谈到上海战争的前途，我和朝鲜朋友热烈地争论起来。这争论使我忘记了周围的一切，忘记了我和汉口朋友的约言，等我回到旅馆退了房间再到鼓楼去会那位朋友时，那里只剩下一个空房间了。朋友并不曾给我留下一张字条。我失望地在这个空房间里站了一会儿。我摸桌上的茶壶，里面还有热茶。我想他们走得不会远。但是我在什么地方去追他们呢？我到账房里问去，据说："某先生已经搬走了，不过等一会儿还要再来。"这答话又使我踌躇了，他们究竟把行李搬到什么地方去了呢？既然搬走了，为什么又会再来呢？我便留了一张字条在房间里，说我到下关去看船，等一会儿再来。

在去下关的平坦的马路上，搬运行李的黄包车和汽车排成了一条长线，简直没有尽头。到下关去的车辆并不多。只有一些装载行李的汽车，大概是比较阔一点的人离开南京了。车夫拖着车子慢慢地走，花了很长的时间才把我拉到了下关火车站。车子经过城门的时候，我看见人们正在堆沙袋，跟我在上月二十五晚上离开上海时在宝山路上看见的情形一样。

火车站里人很拥挤，卖票的洞口挂了"客满"的牌子。我去问一个站丁，据说京沪线的车只开到苏州。我又到江边轮船码头去看，道路泥泞，我走得很慢，一路上尽看见关了门的店铺，也有一两家商店开了门在搬东西。江边很少行人，白茫茫的水面上不见一只轮船。我问一个站岗的警察，他说恐怕没有下水船开，叫我到一个票房去问。但是那个票房已经关了门。我没有办法打听到消息了，只得怀着失望的心回到火车站，然后再搭公共汽车到鼓楼去。

在汽车里挤了好久，我才被挤到鼓楼来了。进了那个小旅馆，我在空房间里发见了先前我留下的字条，并没有人动过它。我又到账房去问，据说："某先生已经搬走，不会再来了。"答话的是同一个人，却说了两样的话，害得我白跑一趟。但是那两个汉口朋友的踪迹就这样地消失了。下关今天没有船开，下关的旅馆里也没有人，他们究竟跑到哪里去了呢？

我坐车到中国旅行社去。在那里人们告诉我今天有下水船开，但是船还没有来，而且什么时候来也不知道，因为现在还没有得到电报。我要先买船票，他们又不肯卖给我。我在三个钟头以后再到那里去，门已经上锁了，外面贴了一张告白说：现在交通情形变化莫测，只得暂时停止办公。这一次我是步行到那里去的，走了很多路，而且肚里又饿。但是我仍然不停地问自己：回上海去的希望果然断绝了么？

我回到旅馆，又到斜对面湖南朋友那里去，在门口遇见他出来说要去借一辆汽车把家眷送到杭州。我吃过晚饭，再去看他。他回来了，据说他跑了许多地方都借不到一辆汽车。在外面租一部车子到杭州租价涨到了五百圆以上，便是搭京杭路的长途汽车，一张票也涨到了几十圆，而且又挤得要命，他身边只剩有五六块钱，所以连逃难也没有地方可逃了。

这一天的晚报上刊载了飞机投弹的防御法。

一个朋友来看我，他说，政府准备今晚解决日本军舰，警察向各家店铺吩咐十点钟熄灯，免得日本飞机来投炸弹；他又说五圆钞票已经不用了。后一个消息我也知道，因为我拿了一张五圆钞票，找不到地方换，去买东西说是找不出。

三日是一个阴天，早晨就落起微雨，风刮得厉害，天气突然变得很冷了。我走出去，外面空气很沉闷，没有什么消息。依旧听不见炮的怒吼和人的呐喊。日本飞机并没有来，军舰上的大炮也未见施放。我们太安全了，安全得自己惊扰起来，自己造出谣言来扰乱人心，又借这个来谋利。钞票不容易使用了。交通工具涨价了：几十块钱租一辆汽车从下关搬运行李进城；几百块钱租一部汽车到杭州，也成了极平常的事；便是人力车夫的索价也涨到了五六圆。有钱的人把交通工具垄断了。贫穷的人只有留在危险的区域里挨炮弹，或者等着做难民，让所谓慈善家来收容。旅馆自然会乘机涨价。只要有机会可以赚钱，谁也不肯放松。

汉口朋友仍然没有消息，他们一定离开南京了。今天我听见人说还有一条路通上海，就是乘火车到苏州，由苏州搭小火轮到嘉兴，再由嘉兴乘沪杭车到上海南站。他们也许就是走这条路到上海罢。不过，沪杭车现在能否开到南站，还是问题。我害怕陷在中途，不愿意走这条路。但是我忽然有了一个想法：坐津浦车到天津去看我的哥哥。我本来打算到天津去，我要找他商量家里的事情，而且我还可以从天津搭海轮到上海。我把这个意见告诉朋友们，他们都不赞成。他们劝我留在南京，说是天津也许比南京更危险，在南京毕竟方便得多。遇到什么事情，还有朋友们照应。他们又说，也许下关江面已经封锁了。然而我还是坚持我的主张，我要到江边去试一试，看究竟有没有渡轮把我载到浦口去。

雨已经住了。我在旅馆门口雇了一辆黄包车。到下关的车价很便宜，因为这时候，只有人从下关搬东西进城来，到下关去的人却很少，凡是可以离开南京的人都已经走了。一路上风很大。我只得把大衣领拉起来，不去看迎面过来的那些搬运行李的车子。下关到了，是一个荒凉的下关，除了车辆和警察而外，还有稀少的行人。先前走过中国旅行社时，我看见那里的告白说，浦口的渡轮照常开驶。我便放心地走了。车夫把我一直拉到江边。我本来打算在津浦小火轮码头停住，忽然走过来一个湖北人，问我是不是要到上海去。我顺口问他今天有没有船开。他说有船，不过靠在江中，他有小划子可以把我摇过去。我问他是什么船，他说是太古公司的"武昌"。

我马上改变了计划：我不到天津了，我回上海去。我和那个湖北人讲好了价钱，便跳上划子。船上还有一个半老的人，两个人划着船，在风浪中前进。这一天风浪很大，船夫一下桨，便激起很高的水花打进船来。有一两次船摆动得很厉害，一个大的波浪打过来，几乎把船淹没。我这一天只有在上午吃了点心，我的空肚皮里这时候起了一阵绞痛。我抬起头望轮船，还隔得很远，不过轮廓已经看得分明。又经过了一些难堪的时候，我们的划子才到了轮船的边上。我把船身的题字望了一下，"大英国。武昌。"我心里更不好受，又羞又气：我现在竟然托庇在帝国主义的屋宇下面了。

轮船上的人不肯放下梯子，我费了大力才跳上去。一个茶房看见我，便说："什么时候开船没有一定，要等上海的电报来。"我问道："要是上海的电报来了。船几时开呢？"他回答说："大概三四点钟。"好，我就在船上等着罢。我便成了这个茶房的主顾了。他把我领进统舱里，租了一个铺位给我。因为我没有行李，他又租了一床又脏又臭的铺盖给我，要我出一圆的代价。

我很疲倦，好像要生病的样子，在船上没有事情，舱外风又大，只好在铺位上躺下来。舱里空气沉闷，没有阳光，只有几盏黯淡的电灯。几个湖北人在谈宋美龄的故事，一个妇人在叙述她的不幸的遭遇。我没有心肠去听他们，我模糊地睡去了。

吃晚饭的时候，那个茶房来把我叫醒。我问

他开船不，他说今天开不开没有一定。乘客们已经在抱怨了，大家盼望早点开船，可是上海的电报还没有来。后来有人说，电报已经来了，不过要等"安庆"船开到后开船。总之，今晚是不会开船了。舱里摆好了两桌麻将，一个军队里做事的和一个上海大学生都参加打牌。大家玩得很高兴，不知道怎样发生了争执。我被他们吵得不能睡觉。后来那个照应我的茶房出现了。他对我说他的家在闸北川公路某里某号，家里有一个妻子，不知道她如今逃在什么地方，又不知道房子烧了没有。他耽心这个旧历新年过不好，他说话时露出焦急的样子。但是几分钟以后他的同伴们约他在我的铺位下面掷骰子，他又高兴地在那里叫喊了。

船依旧不开。我没有到外面去。舱外很冷，据说已经落雪了。但是我们还在南京。

四日早晨我到舱外去看，只看见一片白色。下关被雪盖住了；紫色的山横在一边，现在积了雪，白白地在发亮。依旧刮着北风，依旧漫天地飞着雪花。我立在甲板上往四面望去。我几乎认不出来我昨天分别的南京了。"安庆"就停在前面，英国国旗在那里飘扬，"大英国"三个字又一次映入了我的眼帘。

"'安庆'已经到了，为什么还不开船呢？"一个中年的乘客不能忍耐地抱怨起来。没有人能够回答他的问话。外面很冷，我便回到沉闷、黑暗的舱里去，几个广东人正在跟茶房吵架，他们说船许久不开，他们不能够再等了，要上岸去。茶房却一定要他们付出讲好的铺位钱。这争执不知道怎样解决了，我只听见人的吵闹声。我心里想：今天再不开船，恐怕就没有开船的希望了。我颇后悔不该改变了去天津的计划，不然明天上午就可以到达天津了。现在我却躺在这里白白消耗时间！我又沉沉地睡去了。

十二点钟光景，听说要开船，我起来到舱外去看，仍然没有一点消息。后来账房出现了，他回答一个人的问话道："现在就要开船，直放上海。"他开了账房门进去了。他的话使得舱里起了快活的骚动。几个茶房在叫："要开船了!"一些客人惊喜地互相询问。我走进舱里又走出来。船依旧没有动，也没有人来起锚。几个茶房在那里谈论，为那个上岸去买小菜的厨子担心。一个说："要等厨房回来才开船。"另一个翘起大拇指说："你想，外国人会等中国人吗?"这时候正有一只划子向着轮船摇过来。茶房们欣喜地说："买小菜的回来了。"等到划子近了，他们才发见"原来是几个客人"，就是起先闹着要上岸的广东人。

我回到舱里睡了。茶房来把我叫醒，要了一圆七角钱去买船票。但是一刻钟以后又有人来把船票收去了。这时是两点半钟，船已经开了。舱里充满着希望。麻将牌又响起来了。茶房在谈论怎样到上海去过年。他们又在我的铺位下面推"牌九"了。

沉闷的空气，黯淡的灯光，不和谐的闹声，呆板的、狡猾的面孔，失眠的夜……时间是这样地长!

我过了一个焦急的夜晚，轮流受到希望和疑

惧的折磨。第二天早晨我非常疲倦，躺在铺位上不想起来，一直睡到吃中饭的时候。听见有人大声说："到吴淞口了！"我才走出舱去。

轮船缓缓地前进，岸上有树木、有房屋，有几只狗在跑，也有一两个行人，似乎并没有战争的气象。看了这些，我几乎不相信上海的灾祸了。我安静地在甲板上散步。我沉溺在思索里。

"看，那边的房屋打得一塌糊涂！"一个茶房大声叫。我跑过去看。许多人的头遮住了我的视线。但是我也能够看出被弹毁、被火烧的房屋的废墟。船不停地往前面走，而且在转弯。

"看，飞机！"几个人齐声叫起来。我也抬起了头，在天边现出了一些黑影，好像是老鹰在飞翔。一只，两只，三只，在炮台的上空盘旋，因为这时候我们已经看见炮台了。"一共有九只飞机，"有人断定地说。"六只，"另一个说。我却只看见了三只。我抬起眼睛在天空中搜寻，居然在一个角里又发现了三只。它们接连地飞翔，和先前的三只隔得并不远。我忽然听见了响声，三只飞机正从后面飞过来，渐渐地飞到了我们的头上，飞得很低，使我们看得清楚两只翅膀下面画的红太阳。先前还有人疑心是中国的飞机，现在谁都在说"东洋飞机"了。这三只飞机一直在我们的头上盘旋，好像要侦察这只轮船似的。一个人无意地说："东洋飞机要来丢炸弹了。"舱面上马上起了小小的骚动。有些人跑进舱里去了。一个茶房镇静地说："不会的，船上插得有大英国旗。这是大英轮船，东洋人不敢丢炸弹。"他的话生了效，大家都站住了。不久三只飞机也飞到后面去不见了，只剩下隐约的机声。我再看那边，还有三只飞机在炮台的上空盘旋。

这三只飞机渐渐地向后面飞去，似乎要离开了。但是过了一会儿它们又飞回到原处。我正走进舱里去拿东西，忽然听见外面在叫"丢炸弹！"我连忙跑出去，看见岸边的水溅起来有一丈高，好像鲸鱼在喷水。水花落下去了，水面平静了。前面的一只飞机上又落下来一粒黑点，我的眼睛几乎迷失了它。但是我觉得有一个东西落到了水面上，水花又向上面溅起来。接着后面的一只飞机又掷了一个炸弹，这一次炸弹落在沙滩上，把沙石向上抛起来。飞机马上就往后退了，好像要逃走似的，可是炮台方面并没有开炮。

我们以为飞机不会再来了，谁知几分钟以后又看见它们飞到了炮台的上空。它们接连地掷了三个炸弹，两个落在水里，只有一个落在树丛掩盖的房屋上，把断枝碎瓦炸得在空中飞。它们还不肯走，还在那里盘旋。于是炮台开炮了。轰的一声巨响进了我们的耳朵，只有这一声。三只飞机很快地转换了方向逃走了，飞得很快，好像有什么东西在后面追赶似的。在短时间以后天空中再也看不到飞机的踪迹了。

我忽然埋下头看水面，我才惊奇地发现船已经停了。我问茶房，说是因为轮船拖带了一只小船，要等到公司派小火轮来把小船拖去，轮船才可以进口。问小火轮什么时候会来，回答说没有一定。茶房是这样说，他的话是否可信，谁也不知道。事实是船不走了。它拖带的小船安静地靠在大船的旁边，上面有人在吃饭。这一天来不为人注意的小船，这时候却成了抱怨的目标，众人都叹气说被小船害了。

又过了一个钟头还不见开船。我想难道是日本兵舰不许商船进吴淞口么？但是我们只看见两只英国军舰停在那里。吴淞口外很安静，没有谁开炮。一只中国的商船从后面驶来，经过我们的身边向前面走了。这是招商局的"江安"。中国船既然还可以进口，那么决不会有日本兵舰封锁吴淞口的事情了。但是我们这只船又为什么不进口呢？真的是等小火轮么？

等了好一会儿，还不见起锚。我失望地走回舱里，我想今天多半不能上岸了。我倒在铺上，把那幅又脏又臭的铺盖拉来盖住头。我怕见那阴暗的电灯光，我怕听那些抱怨的话，我已经把一切的希望抛弃了。不知道在什么时候，一个茶房从外面进来大声叫："马上就要开船了。"有人问："小火轮来了么？"回答说："小火轮没有来，是大菜间的外国客人等得不耐烦了，逼着船主开船。"

一个下江人接口说："外国人真是刮刮叫。"我苦笑着。大餐间楼梯上八个字的告白又在我的脑子里现出来："洋人在上，闲人止步。"我对自己说：这一次"闲人"又沾了"洋人"的光了。

船进了吴淞口，没有遇到一点阻碍，而且依旧走得很快，似乎要补偿先前浪费掉的时间。走在中途，小火轮就来了，把小船拖了去。小火轮上面的人从上海带来了一个消息：北四川路已经烧光了。许多人惊恐地叹息说："上海滩真个要变成地狱了。这个新年怎样过？"北四川路烧光，租界上拥挤着十五六万失业的人，闸北的居民一部分还陷身在火窟里，这时候还耽心着新年过不好！放心罢：租界上很安全，在外国旗下面舒服地过新年的人多着呢！

船渐渐地走得慢了。江面并不很宽，两旁的建筑物看得很清楚。那都是外国公司的工厂和堆栈，以及别的建筑物，上面有各种国旗在飘扬。我看见了几只日本兵舰，有几个中国人在搬运东西上船。英、美、意三国的军舰都看见了。美国的小军舰最多，每一处停着三艘，很有好几处，上面写着号码。号数是二百零几到二百三十。船上的茶房热心地找寻英国军舰，看见了，便指着它得意地说："这是大英兵船！"

船在慢慢地转弯。现在我看见上海了。许多高楼大厦耸立在那里，安然无恙。外白渡桥上行人拥挤；外滩马路上载行李的车辆往来不绝。我站在甲板上，我仰起头向天望。北面的天空被黑烟遮住了。这黑烟不住地向南扩张，一层盖上一层，快要遮蔽了整个的天空。炮声隆隆地怒吼，中间夹杂着机关枪密放的声音。许多人发出了惊恐的叫喊。一个女人的尖锐的声音说："天呀，怎么得了？"我冷静地看着黑烟的蔓延。我咬紧我的嘴唇，不让它们发出声音。我觉得我的血已经冷了，冷得结冰了。漫天的黑烟！上海真正成了一个大火窟。烧罢，让它痛快地烧罢。让它烧热我的血，烧热我的血来洒到那些屠杀者、侵略者的脸上。我不再为我的被烧毁的书本痛惜了；我也不再为那些被屠杀的人民和被烧毁的房屋痛惜了。

我只听见大炮的怒吼和机关枪的密放。我只看见火势的蔓延。我知道一个大的变动快要来了。烧罢，你屠杀者，像尼罗王那样把整个上海当作罗马城来烧罢；杀罢，你屠杀者，像尼罗王那样把中国人民当作初期的基督徒来杀罢。历史上没有一次的血是白白流了的。我们的血会淹没了你。我们的血会给我们带来解放。为了求得自由，没有一个人害怕流血！没有一个人害怕战争！

轮船停在浦东的码头。我不等船靠定，就跟着三个水手离开船，又和他们一起上了小划子，很快地我们就在外滩太古码头上岸了。

一辆电车在我的面前驶过。我默默地站在坚实的土地上，我用力抖动我的身子，我要证实我不是在做梦。我如今确实回到上海来了，回到上海来看中国人的血怎样地流；看屠杀者的刀是怎样地锋利；看我们的房屋怎样被烧毁；看我们的弟兄怎样地被杀害！

"这时候你跑回上海来干什么？"一个朋友和我见了面就关心地这样问道。我苦笑着。我淡淡地回答道："不是打算在必要时交出自己的生命，就是准备做一个难民，等候慈善家来收容。"我再没有第三句话了。

1932 年 2 月 10 日在上海写完。

只有抗战这一条路①

　　芦沟桥的炮声应该把那般所谓和平主义者的迷梦打破了。这次的事变显然又是"皇军"的预定的计划。他们的目标我们不会不知道。倘使一纸协定、几个条件就可以满足他们的野心，那么我们和这强邻早已相安无事了。哪里还有今天的"膺惩"？我们和日本的交涉也不是从今天才开始的。难道我们还不明白那一套旧把戏？从前我们打起维持东亚和平的空招牌处处低头让步，结果

---

　　① 本篇最初发表于一九三七年八月五日《中流》半月刊第二卷第七号。

东亚的和平依旧受威胁，而我们自己连生存的机会也快被剥夺光了。我们每次的让步只助长了敌人的贪心，使自己更逼近灭亡。现在已经到了最后的关头。我们只有一条路可走了。这就是"抗战"！"屈服"（或者说得漂亮点，"和平"）不是一条路，那只是一个坑，它会把我们活埋了的。

在日本，人把我们看作苟安怕事的民族。让我们的"抗战"的呼声高高地喊起来！要全日本国民都听得见我们的呐喊！我们要用四万万五千万人的声音答复在那边人们对我们的侮蔑。

我是一个安那其主义者。有人说安那其主义者反对战争，反对武力。这不一定对。倘使这战争是为反抗强权、反抗侵略而起，倘使这武力得着民众的拥护而且保卫着民众的利益，则安那其主义者也参加这战争，而拥护这武力。要是这武力不背叛民众，安那其主义者是不会对它攻击的。

所以我认为我们目前只有"抗战"这一条路可走！

1937 年 7 月 20 日。

站在十字街头[①]

一九三二年上海抗战的时候，中国代表颜惠庆博士在为上海事变召集的国联特会里说过这样的话："我们现在是站在十字街头了。在我们面前横着两条路，就是战与和。"

在五年以后的今日。我们又站在十字街头了，我们只有两条路可走：或是忍辱屈服，或是继续奋斗。

提起忍辱屈服的话，差不多会使每个中国人

---

① 本篇最初发表于一九三七年八月十九日《国闻周报·战时特刊》创刊号。

气愤得发狂。这一个月来北方的兵士和人民牺牲了生命、职业、财产，忍受着一切苦辛和侵略者抗战，他们没有表现出丝毫的胆怯。一百几十磅的炸弹、引火的燃烧弹、大规模的纵火焚烧、文化机关的炸毁。许多的房屋烧毁了，许多人的生命牺牲了，许多的心血化为灰烬了，天津的市区、北平的郊外、芦沟桥、宛平一带的废墟上堆满了腐烂的尸体，涂满了黑红的腥血，充满了新鬼的哭号。然而北方战区的民众、兵士依然高声在叫"打倒日本帝国主义！"，同时从全中国的兄弟姊妹们的口中发出同样响亮的回声来。这声音虽然是多么勇敢，但里面却含着许多人的血泪！这又是何等惨痛的挣扎！这其间我们安慰自己说："等着罢，我们会得到最后的胜利！"

然而我们是一步一步地在退让了。我们是一步一步地逼近沦亡的命运了。二十多天的苦斗毕竟不能阻止汉奸把北平送给敌人。接着又是天津的沦陷。在最近一星期的沉闷时期中，我们就只看见敌人铁骑的纵横。当敌军完全占领天津，纵火焚烧房屋屠杀徒手贫民的时候，不知道有若干人流泪痛哭，不知道有若干人呼吁着复仇的时代来临。然而同时那些出卖民族的汉奸却在摆设他们的庆功宴！

现在我们还能够屈辱地去接受敌人的条件，贪图那苟安的和平吗？不，我们不能！

是的，经过了这样惨痛的牺牲以后，再想到忍辱屈服，这简直是不可能的事。纵然我们的血液快要干枯了，我们的心脏快要停止跳动了，我们也不能够跪倒在屠杀者的面前答应去做屈辱的奴隶。

我们要抗战，我们要继续奋斗。纵使抗战的意思就包含着个人生命的毁灭，我们也要昂然向着抗战的路走。何况这时我们还有够多的勇气，还有够多的精力来和屠杀者奋斗。我们还有希望获取最后的胜利，我们为什么就必须放下武器，跪倒在我们的敌人面前呢？

其实我们的敌人的营部还是建在沙地上面，并不是十分坚固的。经济的恐慌，工农阶级的不

控诉

满，党派的纠纷，国际的嫉视等等都足以致它的死命，只要我们能够不惜任何牺牲，抗战到底。我们抓住敌人的弱点，拼命进攻，我们很有获得最后胜利的可能。

现在不是可以犹豫的时候了。我们应该再向前跨一步。不管在前面等候着我们的是"胜利"或是"败亡"，我们都应该记住从前 P. 亨利①说过的话："难道生命竟是如此可贵，和平竟是如此甜蜜，须得用奴隶的镣铐来作代价吗？……给我自由，不然便给我以死。"

1937 年 8 月 7 日。

---

① P. 亨利（1736—1799）：美国革命的政治领袖。

一点感想①

在这个时候提起笔写文章，我实在感到惭愧。别人贡献的是血，我们却用墨水来发泄我们的愤怒。也许有一天我会用我的血洗去这个耻辱罢。

死并不是一件难事。在几个小时以后，许多地方就完全改变了面目：建筑物毁了，村庄毁了，城市毁了，人们成千上万地死亡。

"大世界"前广场上落下炸弹的那个下午，我在电车里看见两边人行道上人们成群结队，身上

————————

① 本篇最初发表于一九三七年八月二十五日《呐喊》创刊号。

43

带血，手牵着手默默地往西走去。全是严肃的面容，并没有恐怖或悲痛的表情，好像是去成仁、就义一样。

"大世界"前的血迹后来给雨冲洗干净了。但是十几辆炸毁了的车子还留在马路上：有汽车、黄包车、老虎车。各个阶层的人同样地为着一个目标献出了生命。没有人在死的面前踌躇过；活着的人也没有一个发出一声怨言。

我今天走过某一条街口。一两百具死尸躺在一块空地上，排列得非常整齐。头和脚全露在外面，只有身上盖得有东西。大卡车刚刚卸下棺材开走了。一些人在工作，把棺材一具一具地放好，然后将尸首一一地放到棺中去。这些死者也许是被炸死的人，不然就是战死的士兵，现在由慈善机关来做掩埋的工作。

在这时候每天都有人死。许多人在一起死，死并不是一件难事。

个人的生命容易毁灭，群体的生命却能永生。把自己的生命寄托在群体的生命上面，换句话说，把个人的生命连系在全民族（再进一步则是人类）的生命上面，民族存在一天，个人也决不会死亡。

上海的炮声应当是一个信号。这一次中国人民真正团结成一个整体了。我们把个人的一切完全交出来维护这个"整体"的生存。这个"整体"是一定会生存的。整体的存在，也就是我们个人的存在。我们为着我们民族的生存虽然奋斗到粉身碎骨，我们也决不会死亡，因为我们还活在我们民族的生命里面。为大众牺牲生命的人会永远为大众所敬爱；对于和大众在一起赌生命的人来说，死并不可怕，也不可悲。

关于这个，这几天来在前线，在后方，我们已经见到不少的例子了。我们用这个精神和这个信念跟敌人搏斗，我们一定会得到胜利。

1937 年 8 月 16 日在上海。

应该认清敌人 [1]

　　五年前"一·二八"事变发生，日本政府派遣陆军来上海作战，那时大阪等地的劳动者相继罢工并举行示威运动。他们的口号是"不到中国去!""不打中国的兄弟!"

　　现在日本政府又派陆军到上海来了。我不知道在日本还有这种示威运动没有。我想一定有的，而且这次的运动一定更扩大，更激烈。

　　日本的兵士（大半是农民）并没有到上海来

---

　　[1]　本篇最初发表于一九三七年八月二十九日《呐喊》第二期。署名余一。

46

侵占中国土地，屠杀中国人民的必要；同样日本劳动者也没有赞助这种行为的理由。

A. 法朗士说过所谓欧洲大战只是替几个资本家抢钱。那么日本侵略中国的战争也不过是替少数军阀政客浪人寻求升官发财的捷径。日本人民在这战争中所能得到的也只有负担加重，生活困苦，甚至生命毁灭。日本的军阀政客浪人拿全国国民的命运做他们的投机事业的资本。

但是抗战的呼声在中国的广大的土地上响起来了。中国士兵的浴血抗战，中国民众的热心服务，正对着日本的野心家的头颅下了一个重的打击，中国的抗战呼声应该得着日本民众的响应。

日本野心家的失败，日本帝国主义的崩溃，这就是日本民众获得幸福的第一步。所以中国战胜，对于日本民众也有好处。日本的民众，应该认清敌人，的确不该打中国的兄弟，只应去打国内的仇敌。

1937 年 8 月 21 日。

自由快乐地笑了[①]

一

血染红街市，

人在刺刀下呻吟，

房屋被炸成灰烬，

铁蹄踏遍古城，

黑夜里听不见正义的呼声；

自由在黑暗中哭泣。

---

① 本篇最初发表于一九三七年九月九日《国闻周报·战时特刊》第七期。

自由快乐地笑了

火舌舐食繁华的市区，
昨日的高楼——今日的废墟，
孤儿在街头寻觅失去的父亲，
新寡的妇女在避难所中叹息，
千万和平的居民被屠杀了；
自由在黑暗中哭泣。

六年来的屈辱压在肩上，
一个民族的命运握在手里，
英勇地举起反抗的旗帜高呼"前进"!
成千成万的勇士把热血洒在北方的原野；
从角落里响起了和平的呼声；
自由在黑暗中哭泣。
——《自由在黑暗中哭泣》

二

平津沦陷，川越①动身来沪的时候，上海的

————————
① 川越：当时日本驻华的公使。

控诉

天空布满了大片的乌云。好像被一只魔手扼住了咽喉似的，每个人都闷得透不过气来。勇气、信心、热情都被关于和平的谣言渐渐地磨洗干净了。接着来的是失望、疑惑与不安。在那个时候我写了上面的一首诗。我的心情正和我前年旅居东京翻译屠格涅夫的《俄罗斯语言》时的心情相似。当时日本的报纸上接连发表"新生事件"① 的交涉及其解决的经过。国内的"恐日症"把我的勇气和希望摧毁了。我坐下来翻译屠格涅夫的散文诗，又借用它来激励自己，安慰自己。我想到了我们的语言，我的勇气恢复了，信心加强了。我也想说："在疑惑不安的日子里，在痛苦地担心祖国命运的日子里，只有你是我唯一的依靠和支持。"② 我也想说："要是没有你，那么谁看见我们故乡目前的情形而不悲痛、绝望呢?"我也想

---

① "新生事件"：当时日本政府硬说上海《新生》周刊上发表的文章《闲话皇帝》侮辱日本天皇，向国民党政府提出抗议。媚外的国民党政府因此查封了《新生》，并且把编辑人判罪下狱。

② 引自屠格涅夫的散文诗《俄罗斯语言》，下同。

说："然而这样的一种语言不产生在一个伟大的民族中间，这绝不能叫人相信！"

同样，当和平的叫嚣开始搅乱上海人心的时候，我听见了"自由"的哭泣。我写了诗发泄我的悲愤，我又用诗来激励自己。然而甚至在那个时候，我还期待着黑暗中的一线亮光，我还期待着黑云密布之后的一阵骤雨。我相信当时有这种心情的人，在上海，在全中国，一定不止我一个。

果然我的诗还没有发表，闸北的炮声终于响了。这炮声打破了我们的疑惑、不安与失望。这炮声带回来我们的勇气、信心与热情。这炮声把四万万五千万人团结成一个坚实的整体。前线士兵的浴血抗战，空军将士的英勇牺牲，后方民众的热心服务……一个星期的抗战就已经把"自由"的旗帜坚定地插在上海的土地上面了。侵略者用他们自己的腥血偿付了他们一部分的欠债。他们那些自己制造的枪炮会造就他们的坟墓，会促成他们的灭亡。是的，侵略者一定会失败，会灭亡的，只要我们的炮声继续响下去，不仅在闸北，在虹口，在杨树浦，在浦东，而且还要响遍华北，响遍满洲。

这是战争。但这是争取自由与生存的战争。这一次四万万五千万中国人齐声怒吼起来了。有什么力量能够抵挡这四万万五千万人争取"自由"的怒吼呢？我们的最后胜利是无可怀疑的了。

我们要自由！这真是"伟大的、有力的、真实的、自由的语言"① 啊！现在不再是"自由在黑暗中哭泣"的时候，我应该说："自由快乐地笑了。"

1937 年 8 月 22 日。

———————

① 引自屠格涅夫的《俄罗斯语言》。

我　们①

外面是火光、枪声、兽的叫喊、人的哭泣……

屋子里是黯淡的灯光、急促的呼吸。

我陪伴着躺在病榻上的弟弟。

我失掉了父亲和母亲。在我的生活里唯一的亲人就是这个十三岁的小弟弟了。

外面街上，那些新进城的高举太阳旗的兵在抢劫，在放火，在杀人。受害的就是我们那些贫

---

① 本篇最初发表于一九三一年十一月十日《小说月报》第二十二卷第十一号。

苦的弟兄，也就是我常常在街上看见的那些人。我听见他们的哀号和求救声。声音响成了一片，里面也有妇人和小孩的声音。我明白我们的弟兄们遭到残酷的屠杀了。

那些血，那些尸体，那些毁了的家——我不敢想。

我守住弟弟的病榻，不敢出去。

我等着太阳旗进来，我又祈祷着太阳旗不要进来，为了我的弟弟。

弱者的恐怖，弱者的耻辱，弱者的悲哀——我全感到了。

外面仍然是火光、枪声、兽的叫喊、人的哭泣……

"哥哥。"弟弟忽然坐起来，高声狂叫。他那只发烫的手紧紧捏住我的手。他望着我的眼睛。我连忙把眼睛掉开，我害怕看到他眼里的强烈的火光。

"哥哥，在这个世界上再没有比人更高贵的生物罢，是不是？"

我默默地点了点头。

"那么我们算不算是人呢？为什么还有比我们更高贵的呢？"

对于这样简单的问话我平日不假思索就可以答出来。然而现在我能够说什么呢？外面街上是火光、枪声、兽的叫喊、人的哭泣……我们的弟兄们让人任意侮辱、残杀，像一只狗、一头猪。我在屋子里怀着恐怖的心情等待死亡。我能够回答弟弟说，我们是人吗？

"为什么我们应当像猪似地让人宰杀呢？为什么我们应当做别人的枪靶子呢？"他不肯放松地追问下去，他用力摇我的胳膊。"我们不也是人吗？为什么我们生来就受虐待、受侮辱呢？哥哥，告诉我，为什么他们要来占我们的土地、屠杀我们呢？"

我没法回答他。他的叫声刺痛了我的心。

"为什么不回答呢？你这个胆小鬼！"弟弟狂怒地骂起我来。他捏紧小拳头朝我的身上乱打。我一点儿也不躲避。我的心痛得更厉害了。

弟弟终于拿开了手。然而他低声哭了起来，而且哭得很伤心。

"哥哥，你把我杀死罢!"弟弟忽然大声央求我。"这种做别人的枪靶子的生活，我不要再过下去了。我迟早会被他们杀死的。……那么还是请你杀死我罢。死在哥哥的手里倒强似活着去吃别人的刀尖和子弹……"他抓住我的胳膊哀求、狂叫。

"轻声点，不要让日本兵听见，他们会跑进来的。"我恐怖地说，就伸出手去蒙他的嘴。

他推开我的手，只管说下去：

"哥哥，我们和他们不是一样的人吗？在这个世界上不全是一样的人吗？……为什么别人的孩子就有光，有热，有花，有爱，我却应当做枪靶子呢？为什么我们的亲人要被他们杀死，我们的房屋要被他们烧光呢？……哥哥，为什么呢？学堂里、教科书上明明说我们的身体构造和他们的完全一样，我们和他们都是一样的人，那么为什么我们不能够好好地活下去？我们应当把自己养肥来给别人做枪靶子呢？哥哥，我不要活了，请你把我杀死罢。……你哭了！哥哥，我知道你爱我。你不肯杀我。那么你愿意让日本兵来杀死我吗？……"

我望着我的手，我的手在打颤。我抚摩我的胸膛，我的心也在颤栗。我害怕我真会用我自己这双手杀死我的弟弟。

弟弟说得对。他活着，没有光，没有热，没有花，没有爱。他活着，只是为了给别人做枪靶子。像这样地活下去，还不如死了好。与其留着给高举太阳旗的兵开刀，还不如由做哥哥的我亲手杀死。

然而我看见弟弟那张可爱的脸，那张让眼泪打湿了的、被热情烧红了的圆圆脸，我的心又软了。我连忙扑过去，抱着我的弟弟，我狂吻他的脸颊。我坚决地说，我要保护他，决不让日本兵来伤害他。我要用尽一切力量不让他受到丝毫的损害……

外面是火光、枪声、兽的叫喊、人的哭泣……

1931 年 9 月 29 日深夜。

给死者^①

我们再没有眼泪为你们流，
只有热血才能洗尽我们的悔与羞；
我们更没有权利侮辱死者的光荣，
我们还得忍受更大的痛苦和艰辛。

我们曾经夸耀为自由的人，
我们曾经侈说勇敢与牺牲，
我们整天在危崖上酣睡，

---

① 本篇最初发表于一九三一年八月二十九日《呐喊》
第二期。

58

给死者

一排枪、一阵火毁灭了我们的梦景。

烈火烧毁年轻的生命，
铁骑踏碎和平的田庄，
血腥的风扫荡繁荣的城市，
留下——死、静寂和荒凉。

我们卑怯地在黑暗中垂泪，
在屈辱里寻求片刻的安宁。
六年前的尸骸在荒冢里腐烂了，
一排枪、一阵火又带走无数新的生命。

"正义"沦亡在枪刺下，
"自由"被践踏如一张废纸。
侵略者在中国的土地上安排庆功宴，
无辜者的赤血在喊叫"复仇，雪耻"。

是你们勇敢地从黑暗中发出反抗的呼声，
是你们洒着血冒着敌人的枪弹前进：

"前进啊！我宁愿在战场作无头的厉鬼，
不要做一个屈辱的奴隶而偷生！"

我们不要把眼泪和叹息带到你们的墓前，
我们要用血用肉来响应你们的呐喊，
你们，勇敢的战死者，静静地安息罢，
等我们把最后一滴血洒在中国的平原。

1937 年 8 月 6 日。

莫娜·丽莎①

"你看这个外国女人美不美?"朋友林喝完了他面前那盆俄国菜汤,忽然侧过头望邻桌,暗暗地指着一位女客问我道。

我没有说什么,心里想:你倒有这种闲情!这个朋友刚从被日本飞机轰炸过的地方跑到上海,两个钟点以前才离开那个人山人海、拥挤不堪的南站,并且还让人把他的绸大褂撕破了一块,现在倒很安闲地评论女人了。

---

① 本篇最初发表于一九四二年九月十二日《烽火》第二期。发表时题为《摩娜·里莎》。

"我看相貌也很平常，"另一个朋友淡淡地回答一句。

"不是，我说她有点像达·芬奇画的《莫娜·丽莎》①，"林感动地说。这时他似乎动了灵感。我想他一定还有许多话要说。但是高射炮的声音晴空霹雳似地突然响了起来。饭店里起了小小的骚动，三个客人急急付了账走出去。林也忘记了莫娜·丽莎似的女人，只顾埋头吃面包。

那位女客还是安闲地坐着。她旁边坐了一个四岁左右的男孩。她正用叉子把一片番茄送进孩子的嘴里。她的脸上还露出微笑，但是这微笑总像带了一点寂寞味。

这个女人我在环龙西菜社里遇见过好几次。第一次她是和一个中国男子同来的。以后就只看见她带着孩子来吃饭。最近一个星期里，我每天正午都在这里遇见她。她带着孩子静静地坐在她

---

① 达·芬奇（Leonardo da Vinci, 1452—1519），文艺复兴时期意大利的大画家，《莫娜·丽莎》是他的杰作之一。

常坐的那个座位，眼睛常常求助似地朝四面看，脸上露出带寂寞味的微笑。每次除了她跟茶房或者孩子低声讲一两句话以外，我不曾听见她跟谁说话。

长长的脸看起来很纯洁，棕色的头发垂下来梳成两根小辫子，一对大眼睛天真地闪动着，在白色长袖的衣衫上罩了一件绛色的马甲似的衣服，——这一切使她更像一个少女，而不像是那个孩子的母亲。

我不能断定她是一个什么样的人，连她的国籍我也不知道。她讲话讲得那么少，而且声音那么低，我甚至听不出她讲的是什么一种语言。所以对于林的议论，我并不表示意见。这个时候我也没有心肠注意这种事情。我们走出饭店，我就把她忘在九霄云外了。

过了两天，我又去那个饭店。这次我是一个人。那个外国女人已经在那里了。她看见我，似招呼非招呼地对我一笑，显然她还认得我。我看她那种神情，好像她迫切地需要朋友的帮助似的。

我淡淡地对她打了一个招呼，便拣了靠窗的一个座位坐下了。

孩子顽皮地缠着母亲要求什么事情，母亲俯下头对孩子解说。孩子忽然发觉我在看他，他害羞起来，扭着身子要把脸藏在母亲的背后。做母亲的微微笑了，她抬起头善意地对我一笑，嘴微微一动，像要说什么话，但是并未开口，她又把嘴唇闭紧了。

我一面喝俄国菜汤，一面奇怪她会有什么话要对我说，会有什么事情需要我帮助。我自己实在不能解答这个疑问。其实也用不着我解答了。我听见她在说话，而且说的是一种我能了解的语言。

她正在跟茶房讲话。她说法国话。而那个茶房所能懂的除了中国话以外，就只有英俄两种语言。她也可以说几个中国字，但是意思很难懂。所以她跟茶房谈了半天，还不能明白彼此的意思。茶房很着急。她的脸也红了。我听懂了他们两人的话，再也忍不住，便自动地出来做了译员。

原来她在这个饭店里包伙食，到今天还没有

满期。她就要到别处去，需要把这里的事情结束。我使他们明白了彼此的意思。我帮忙她把这件事情解决了。她含笑地向我道谢。

我看见现在有一个机会了。我正想知道关于她的事情，我便趁着这个机会问她要到什么地方去，我想她大概不会拒绝回答。

她果然露出欢迎的表情邀请我坐到她那一桌去。我也不推辞，便端起面前那杯红茶走了过去。

"我要到杭州去，找我的丈夫。我姓孙，"她坦白地说。

我想起我见过的那个中国男子，我知道他一定是她的丈夫。他是一个怎样的人呢？我只见过他一面。不过我仿佛记得，年纪不到三十，相貌平常，只有两只眼睛跟一般人的不同，它们光芒四射，给整个面孔添了光彩。

她接着说："我的丈夫你大概在这里见过。以前我们每个星期天总到这里来吃饭。他每个星期六都回家，从没有间断过。"她停了一下，侧头看看她的孩子，孩子坐在椅子上注意地听她说话，连动也不动一下。我无意间瞥见了孩子的眼珠，不觉吃了一惊。它们已经是那么明亮的了！我明明在他父亲的眼睛里见过这样的眼珠！

"然而我有两个星期没有得到他的信了，"她带了焦虑地说。"他连一个信也没有！他从来不是一个这么疏忽的人，一定出了什么事情，所以我要找他去。"

她说了这些话，我始终不知道她的丈夫是个什么样的人。我也不明白她为什么要这样着急。我便问道："孙先生在杭州做事情罢？"

她听见这句问话，脸上忧虑的表情立刻消失了，代替它的是得意的神气，显然她是以她的丈夫的职务为骄傲的。她说："他是一个空军上尉。他驾驶飞机的本领很高强。他平日就盼望着这样的一个机会，他常常说要给'一·二八'① 以来那些无辜的被炸死者报仇。现在机会来了。"

孩子听见母亲的话，忽然从椅子上跳下来，

---

① "一·二八"：一九三二年一月二十八日开始的上海地区的抗日战争。

缠住母亲嚷道："妈妈，我要看爸爸驾飞机打仗。"

"不要响，等一会儿我就带你找爸爸去！"她侧着身安慰孩子。孩子不作声了，却偎着她站着。她又抬起头跟我讲话。她的脸不像方才那样地发亮了。她低声说："我知道他会做到那样。现在机会来了，他会像别人一样地尽职的。他常常说，血的债要用血来偿还；又说，他要用他的血洗干净过去的耻辱。我害怕我到杭州去也找不到他。他也许不在杭州了。昨天听说中国飞机被打落一架，驾驶员落在敌人阵地上不肯投降，他打死了几个敌人然后自杀。我不知道那个人的姓名，但是我疑心这是我的丈夫。先生，你也知道这个消息吗？"

"是的，我也在报上看见，的确是一个勇敢的人！"我只能这样地回答。

"我想一定是他！他是一个勇敢的人。"她忽然睁大眼睛兴奋地说。

"那不见得就是孙先生，我想他大概是安全的。我希望你在杭州找到他。"我压抑住奔腾的感情，安慰她道。

她摇摇头微笑了。这是悲愤的微笑，这是痛苦的微笑。她说："先生，你不要以为我就只知道个人的幸福。我们法国人和你们中国人一样，也知道爱自由、爱正义的。我们从没有在强权下面低过头。"她马上又改正地说："其实我现在也是一个中国人！我能够做每个中国女人所能做的事。我也愿意我的丈夫为着他的同胞的幸福牺牲。现在整个的中国怒吼起来了！这正是用血偿还血债的时候。要是我的丈夫真的牺牲了，这正是他的幸运。我会好好地教育孩子。这个孩子很像他的父亲，他将来也会做他的父亲所做过的事。我相信抗战一定会继续下去，一直到在这个土地上的人民得到解放的时候。"她愈说下去，态度愈激昂，脸发红，两只眼睛发亮。她像一个雄辩的演说家，她的话点燃了我的热情。

我想说话表达我的感情，但是我的心跳得太厉害，我突然变成口吃了。这时孩子在旁边催她，她站起来，不等我说话，就伸出手给我，一面说："再见，我走了。谢谢你。我们将来一定可以再见的。"她停了一下，又加一句："在更好的情形里。"她鼓舞地对我一笑，在她那对大眼睛里，我看出了乐观的表情。

"在更好的情形里，"我感动地紧紧握住她的手，喃喃地念着这句话。我还想挽留她，但是她匆忙地牵着孩子走了。我痴痴地望着玻璃门。那两根棕色的小辫子还在她的脑后晃动。

以后我就没有看见她了。过了两天，朋友林和我再到环龙西菜社去。他喝完了红茶站起来的时候，忽然记挂似地说："怎么今天没有看见莫娜·丽莎?"

"莫挪·丽莎?"我惊讶地问，我还不明白他在指谁。

"你不知道? 不要装蒜了!"他讥笑地说。

我并不理睬他。我在想一件事情。两根棕色的小辫子又在我的眼前晃动。我记起了一个法国女人对我说过的那些话

1937 年 9 月 8 日在上海。

给山川均先生①

　　夜很静。似乎一切都落进了黑暗里面。重炮声突然隆隆地响起来了，接着是一阵机关枪的密放。我的房间起了轻微的震动，这时候我正读着你的《华北事变的感想》。我读你的文章，我并不是把你看作一位中国的友人，不过我知道你过去是一个社会主义者，我期望你的笔下多少带给我们一点正义。但是你却毫无掩饰地把你的另一种面目露了出来。我才知道真正到了你所谓的"剥

――――――
　　① 本篇最初连续发表于一九三七年九月二十六日、十月三日《烽火》第四、五期。

70

皮"的时期，一个"文化人"也可以一下子变为浪人棍徒。对于这个，我感到憎厌。

你愤愤地提出了"支那军之鬼畜性"这个问题，你骂中国人是"鬼畜以上的东西"。在你是极尽毒骂的能事了。连贵国那般惯于谩骂、造谣的新闻记者也仅仅用了"鬼畜"两个字。

先生，我不想向你辩明我们是不是"鬼畜"，或者它以上、以下的东西。我们同是人类一分子，身体的构造也没有两样。我们同有理性，同受教育，同样需要自由，需要生存。无论用"人"或"畜"的名称称呼，我们在本质上确实没有差别。所以我现在把你看作一个和我同样的"人"，而诉于你的理性。

所谓"通州事件"使你感到愤怒，使你发出诅咒似的恶骂，我并不想把它掩饰或者抹煞，像贵国的论客掩饰你们"皇军"的暴行那样。我们愿意了解那里的情形。然而一切消息都被你们的"皇军"封锁了，我们只能从贵国报刊的记载上知道冀东保安队反正的时候，有两三百通州日侨被害的消息。

通州事件自然是一个不幸的事变，但它却决非"偶然的"，它有它的远因和近因。这个连在通州遭难的铃木医师也早预料到了。他生前给他父亲的信里就说到当地保安队的态度只是表面的亲日。"真正的中日亲善还是很远、很远的事情。"贵国的"皇军"种了因，贵国的官民食其果，这是无足怪的。对于熟悉历史的人，这类事变的发生是很容易解释的，我们已经见到不少的先例了。

我不是一个偏狭的爱国主义者，我并不想煽起民族间的仇恨，我也不想盲目地替我们军人的任何行动辩解。在你们那里有不少的论客整天梦想着大和民族的黄金时代，夸大地做着"皇军"堂皇地征服世界的迷梦。而我们这里的四万万五千万人却只有同样一个谦逊的目标：我们要争取我们的自由，维持我们的生存。这个最低限度的要求，是每一个中国人所应有的。为了这个我们可以毫不顾惜地牺牲我们的一切。

通州事件的发生从这里也可以得到一个解释。

在"皇军"的威压与贵国官民的欺凌下过了将近两年屈辱日子的保安队举起了反抗的旗帜。忍耐到了最高限度，悲愤的火终于燃烧，少数武器并不精良的军人不顾环境的恶劣，站起来用血和肉争取自己的自由与生存。在混战中，每个人的生命的毁灭都是一瞬间的事。仔细的考虑没有了，复仇的念头会占据他们的心。血会蒙蔽他们的眼睛。当被压迫的人民起来反抗征服者的时候，少数无辜者连带地遇害，也是不可避免的事，何况这回的死者还是平日惯于在那个地方作威作福的人，而且大半是卖白面，打吗啡，作特务工作的。根据一个外国通讯社的电报，我们还知道在通州事件发生的前一天，有四百名保安队兵士因有不稳的嫌疑被贵国的"皇军"枪杀，那么报复的行为也并不是不可以解释的了。……

在这里实在没有提出"残虐性"的必要。你一个社会主义者居然也跟在贵国新闻记者的后面，"用咒骂，陷害，中伤的言词去打动人们的偏狭的爱国心！"你是有意地落在贵国军阀的圈套中了。

我们并不能拿残虐性来区分种族。自视极高的西方人素来喜欢宣传东方民族的残虐性。他们表示最高度的残酷时，使用的形容词常常是"东方式"。然而事实上罗马屠杀基督教徒之凶残，中世纪异教审讯所之暴虐，在东方也难找到同样的实例。革命者的被残杀、平民群众的被蹂躏和街市的流血，在每一个西方国家中都保存着惨痛的记载，而且绝不少于我们在东方所能找到的。人性是相同的。我们没有根据断定东方人更残酷，也就没有理由承认中国人比你们更暴虐。你难道忘记了曾经做过你的友人的大杉荣君？在震灾的混乱中偷偷把他们夫妇拘捕绞杀的不就是贵国"皇军"的大尉？连他的一个六岁的外甥也不能保全生命。作为凶手的甘粕正彦却被人视作英雄志士而获得特赦了。在大震灾中被虐杀的贵国社会主义者和中国工人以及朝鲜人不知有多少！这事件中的鬼畜性和残虐性为何不曾激动你的良心？我不知道是你健忘，还是你故意为"皇军"掩饰！

　　残虐性并非某一民族所单独具有。助长它的

是愚昧无知。只有文明教化才可以使它减少以至于消灭。和平帮助了文明教化的发展和普及。战争则摧残了它。用虚伪的言辞，欺骗的手段挑拨民族间的仇恨，使不曾相识、不曾接触的人变为仇敌，甚至把他们骗上战场互相残杀——这种行为充分地发挥了残虐性。一艘一艘的军舰载了贵国年轻的兵士来到中国，一艘一艘的商船又载了残毁的身体和骨灰回去。贵国军阀政客主持于上，财阀从中援助，而新闻记者、文人论客复宣扬、歌颂于下。战争是制造成功了。你们的另一论客室伏高信先生虽然大言不惭地说："这是东亚两大民族的宿命，"他甚至要这两大民族中的每一个人"都躲在障碍物里或从轰炸机上跳下来，相互杀戮"。先生，这难道不是残虐性的表现么？

先生，你看见别人眼中的刺而忘记自己眼中的梁木了。贵国空军在上海一带所建的伟绩，你不会不知道。南站、北新泾、松江等地的轰炸，遭害者达千余人，都是手无寸铁的难民，其中大半是妇人和小孩，他们平日并未担任抗日的工作，这时也不曾直接或者间接参加战争。他们正准备离开上海，而且有的已经在路途上了。他们对于"皇军"的行动是没有一点妨碍的。然而贵国的空军将士却偏偏选择了这种机会以显示"皇军"的威力，派遣大队飞机去屠杀非武装的人民。轰炸不足，又继之以机关枪的扫射，一定要看见无辜者的鲜血把土地与河面染红、尸体狼藉地阻塞着道路，才从容地飞去。

九月八日，贵国空军轰炸松江车站的"壮举"，在贵国历史上是值得大书特书的罢。以八架飞机对付十辆运送难民的列车，经过五十分钟的围攻，投下十七枚重磅炸弹。据一个目击者说，当飞机在列车上空盘旋的时候，拥挤在车中的难民还想不到会有惨剧发生。然而两枚炸弹落下了，炸毁了后面四辆车。血肉和哭号往四处飞进。未受伤的人从完好的车厢里奔出来。接着头等车上又着了一颗炸弹。活着的人再没有一个留在车上了。站台四周全是仓皇奔跑的人。飞机不舍地追赶着，全飞得很低，用机关枪去扫射他们。人的脚敌不过飞机的双翼。一排一排的人倒下了。最后一群人狼狈地向田里奔逃。机关枪也就跟着朝那边密放。还有一部分人躲进了一个又大又深的泥坑，正在庆幸自己侥幸地保全了性命。然而贵国的空军将士又对准那个地方接连地掷下三个炸弹，全落在坑里爆炸，一下子就把那许多人全埋在土中。

对于这样冷静的谋杀，你有什么话说呢？你不能在这里看见更大的鬼畜性和残虐性么？自然，你没有看见一个断臂的人把自己的一只鲜血淋漓的胳膊挟着走路；你没有看见一个炸毁了脸孔的人拊着心疯狂地在街上奔跑；你没有看见一个无知的孩子守着他的父母的尸体哭号；你没有看见许多只人手凌乱地横在完好的路上；你没有看见烧焦了的母亲的手腕还紧紧抱着她的爱儿。哪一个人不曾受过母亲的哺养？哪一个母亲不爱护她的儿女？中国的无数母亲甘冒万死带她们的年幼的儿女离开战区，这完全是和平的企图，这是值得每一个母亲和每一个有母亲的人同情的。难道日本的母亲就只有铁石的心肠？难道日本的母亲就不许别人的母亲维护她们的儿女？通州事件的残虐性怎及这十分之一？自己躲在上空挟最新式的武器攻击下面没有防卫能力的人民，杀死逃避战祸的母亲，流年轻儿女的血。这不仅是冷静的屠杀，便称之为卑劣的胆小的谋害，和变态性的虐他狂的表现也不为过。一个民族以此种行为骄傲于全世界人士之前，这是很可悲的事。两年前我的一个友人在贵国牛込区警察署里控诉贵国当局的措施不似文明人行为，而备受贵国"刑事"①的殴打。现在贵国空军却将"野蛮"二字作为光荣的标记广向世界宣传了。

夜已深。周围仍然清静。炮声断续地响着。机关枪声却听不见了。我知道这时候就在上海的附近，两个民族中的精英正在前线肉搏，许多锋利的枪刺戳进年轻士兵的身体，无数有为的生命

---

① 刑事：日本的便衣警察。

跟着炮弹毁灭。是什么一种力量使得这两个民族
必须互相杀戮呢？难道一个民族的独立真会妨碍
另一民族的生存？你们的论客室伏高信说这是宿
命。但作为社会主义者的你能够相信这样的一种
宿命么？

战争是残酷的，破坏的。人类并没有被迫着
参加战争的宿命。然而战争却不断地发生，文明
的民族有一天会像野兽那样地互相吞食。但这绝
不是宿命，造成这"勋业"的乃是不合理的政治
的、经济的和社会的制度。而一些嗜杀的野心的
军阀、政客却利用这制度以满足他们的私欲。在
战争中得利的大有其人。一代的人种了因，一代
的人食其果。人们制造战争，又会为战争所毁。
武力主义和侵略主义可以煊赫一时，但不久即与
露水同消。室伏氏说"国民是遵守法则的"。然而
国民的法则绝不能与人类繁荣的法则违背，违背
这法则的国民纵然目前生活得异常富裕，也必归
于灭亡。战争是违背了人类繁荣的法则的。所以
鼓动战争、想用武力获得一切的国民绝不能达到

他们的目的。许多国民繁荣过,但又消灭了。连强盛的罗马帝国也有崩溃的一天。这才是宿命!想到这里我不禁为贵国的命运担心了。

先生,这并不是我的过虑。你们把贵国的命运交付给军阀、政客去作孤注一掷,换取他们个人的禄位。军阀、政客之流知识窳陋,目光浅短,他们怎能知道民族盛衰的因果,人类繁荣的法则,社会进化的途径!然而你们是应该知道的。如今你们却让他们把大和民族驱向灭亡的路上走了。你们跟着他们躺在悬崖上做征服世界的迷梦。有一天你们也会跟着他们堕入黑暗的深渊,把后世子孙置于万劫不复之境。那时你们纵然醒悟也来不及了。

然而人类是要永久存在下去的。世界上并无以武力维持万年霸业的民族,也无任人宰割苟安永世的国民。人类繁荣的法则是不能违反的。人类是第一义,其次才是民族。任何民族不能背弃人类而梦想单独的"发展飞跃"。这是做不到的事。室伏氏曾夸耀地预言大和民族进入了黄金时代，毫不量力地把铸造新世界的责任担在他们自己的肩上；据说凡阻碍他们的道路的，皆将灭亡。可惜他忘记了日本人也是人类的一分子；他们也不能阻碍人类发展的道路。在欧洲大战初期大露头角、煊赫不可一世的荷痕若南王朝和罗曼诺夫王朝，未尝不想凭借武力为子孙树立万世不灭的基业，正如今日的大和民族一样。然而曾几何时，我们就只能在历史上找寻这两个名词了。战争促成了德、俄两大帝国的崩溃；从前为了维持这两大帝国的光荣不知道流过多少万壮士的赤血。纵然若干变节的社会主义者用花言巧语把青年们骗上战场去牺牲，也挽救不了叶卡特林堡①的悲剧。好战者的狭小的两肩上是担不起铸造新世界的责任的。

现在轮到你们这些人用花言巧语来欺骗青年了。你们把一群一群的青年兵士送到中国南北两地的战场，用了欺瞒、陷害的言词打动他们的偏

---

① 叶卡特林堡：沙皇尼古拉二世在这里被枪决。

狭的爱国心，鼓舞他们去杀人，去送死。你们跟在军阀、政客的后面，一手造成了远东的大屠杀。这责任你们不能轻易卸掉。倘使我控诉你们为刽子手，将你们置于被告席中受全世界良心的裁判，你们是无所逃罪的。

我常常翻阅贵国的报纸，我接触过一二贵国的人士，我也受过贵国"刑事"的"取调"① 和拘留所中的款待。两年前在横滨友人的书斋里我和一个贵国商人有过短时间的谈话。他问我四川人是不是坏人，因为他知道"在北方的中国人都是坏蛋"。他又问中国人为什么要抗日，要欺负日本侨民；为什么不因为"皇军"赶出满洲的马贼而表示感谢。我佩服那个商人的坦白，我更怜悯他的无知，但同时我不由得要诅咒贵国新闻记者的恶毒的用心了。这就是他们的努力所取得的成绩。

像贵国报纸那样的东西，在全世界中恐怕找

---

① 取调：侦查和审问。

不出第二个。真实的消息，正确的报导，似乎和贵国报纸没有一点关系。造谣，中伤，像是贵国新闻记者的惯技。夸耀自己民族的伟大，暴露其他民族的缺点，用捏造的事实和带煽动性的言辞挑拨民族间的恶感，然后利用其完善的设备和雄厚的资本以鼓动侵略的战争，为野心的军阀、政客张目——这仿佛就是贵国报纸的唯一任务。现在他们的使命已经完成了。可怜的是一般受人欺骗徒供牺牲的贵国国民。

我们素来憎恶战争。但我们绝非甘心任人宰割的民族。当我们的自由与生存受到威胁的时候，我们是知道怎样起来防卫的。这是做人的最低限度的权利，倘使连这也放弃，则人就近于鬼畜了。我们是被迫而拿起武器的。我们是站在自己的土地上防卫自己的利益的。我们是顺着人类繁荣的法则，而给阻碍人类发展的力量以打击的。而你们遣派重兵远涉重洋来毁坏文明的都市、和平的乡村，你们是为了什么而作战的呢？难道真如室伏氏所说，你们是命定了必须杀害我们的么？或者如贵国新闻记者所说，是因为我们无理地发动抗日运动，你们来"断然膺惩"么？这样的论断，别的受过文明教化的国民一定不会承认。但是如今连你也说："通州事件可以说是中国政府一心一意普及抗日教育、培植抗日意识、煽动抗日感情的结果。"在这里，你和贵国的军阀、政客以至新闻记者、浪人、棍徒一样，将因果倒置而混淆黑白了。产生通州事件的直接原因乃是贵国军阀的暴行，而抗日运动也是贵国政府历年来对中国土地的侵略行为所促成。是你们的"皇军"亲手普及了抗日教育，培植了抗日意识，煽动了抗日感情。是你们用飞机，用大炮，用火，用刀，教育了中国人民，使他们明白"抗日"是求生存的第一个步骤，并非中国人生来就具有抗日的感情的。要达到"共存共荣"之境，唯有凭借"真正亲善"的桥梁。侵略和"膺惩"只能激起憎恶，而必然遭到坚强的抵抗。你深居岛上也许不知道"皇军"和浪人历年来在中国土地上的种种暴行。但是从各种事变的记载里，你应当明白近二十年来中日两大民族间那笔愈积愈多的血债。中国人民是流了够多的血以后才来发动抗日运动的。这是自发的民众运动，没有力量可以阻止它，也没有力量可以抗拒它。现在是偿还血债的时候了。

窗外月明如昼，飞机声隐约地送进了我的耳里，连珠似的高射炮弹在天空电光般地闪烁。那震耳的声音！这时战斗正酣罢。我想起贵国飞行员某氏阵亡后身畔遗留的敏子姑娘的深情的信函了。在海的那边，在凄凉的家里，有着这样的一个少女时时刻刻祈祷着她的出征的情人的安全。为什么而战呢？敏子姑娘是不明白的。而且恐怕大部分贵国的国民也不会明白罢。然而她毕竟贡献了最大的牺牲了，许多别的人也贡献了最大的牺牲了。

大量的血又在几公里以外畅快地流着。这两大民族间的残杀要继续到什么时候为止呢？这很难说。你们期待着我们的"屈膝"和"反省"。但是被迫着发动决死的抗战的我们，已经没有这样的余裕了，该"反省"的应该是你们。你们好像在玩火，如今已烧到眉尖，再一迟疑，就会酿成抱憾终身的巨祸。贵国的政客、军阀之流梦想着中国"屈膝"。中国人民是不会屈膝的。没有一种宿命能使中国灭亡。而日本帝国的崩溃倒是指顾间的事。你，一个社会主义者，对于一个即将崩溃的帝国的最后的光荣，你还能够做什么呢？你等着举起反叛之旗的人民来揭发你背叛的阴谋吗？山川先生，我期待着你和你的同胞们的"反省"！

1937 年 9 月 19 日在上海写完。

给日本友人 ①

一

　　现在已经是深夜十二点钟以后了。弄堂里非常静。但是我的眼前还现着一片红光。大火在烧，大半个天空映得通红，像是夕阳一抹，像是血光一片，从昨天一直燃烧到今天，在我的眼前燃烧，在我的心里燃烧。

　　昨天我在南京路一带看了闸北的大火，沿途

---

　　① 　本篇最初连续发表于一九三七年十一月七日、二十一日《烽火》第十、十二期。

听见市民们的绝望的呼吁，怀着隔岸观火的痛苦心情，拖着疲倦的身子回到家里。我一晚上尽做噩梦。我万想不到会梦见了你，而且是在战场上，作为两个彼此不能宽恕的仇敌而相见的。

武田君，这个梦景太离奇了。我相信它不会成为事实。但是早晨醒在床上，我就听见炸弹爆炸的声音。你们的空军将士又向着没有防御能力的难民和不设防的城市轰炸了。是什么一种疯狂的力量驱使他们这样做呢？这种屠杀和平人民的权力是谁给与他们的？全世界的良心一致谴责这种罪恶，而你们却支持了它。你们让这罪恶发展下去。终于有一天连我们这些非武装的人也会被逼着拿起枪勇敢地跑上战场，去维护人道和正义的原则，保卫一个民族的生存。那时候难保我们两人不在战场上作为仇敌而相见！这是可悲的事。我并不希望有这样的一天。我和你两人中间只有友情。我也怀念着你那温顺的妻子和秀丽的芳姑儿，天真烂漫的喜姑儿。在某一个时期你们曾把我看作家族的一员给了我温暖，用体贴和关心安慰我旅中的寂寞。友情通过了国籍的不同和信仰的差异，把两颗心拉在一起。我曾经为这友谊欣喜。但是在三年以后的今天，另一种力量却突然插进来企图把这两颗心分开了。

对这力量我看你是不会反对的，你不但不反对，而且你会跟在它后面走，你会盲目地支持它。我知道你的性情，我也知道你们一般人的性情。在这里我并不想提说贵国的军阀、财阀、政客、浪人之流。我指的是你们那般安份守己、勤苦耐劳的人民。我从未把你们看作敌人，在你们中间我还有不少敬爱的师友，但是我也不能放过你们一般人的缺点。你们安份守己，所以你们常常闭着眼睛任统治者以你们的名义胡作妄为；你们忠厚老实，所以你们容易受人欺骗。你们崇拜在上面统治你们的当权者；你们相信你们的上司的话。在学校你们视教师的讲演为天经地义；进了社会你们又把报纸看作生活的指针。你们的脑子里装满了错误的观念和虚伪的消息，这使你们不认识世界，也不知道你们在这个世界上所处的地位，和所负的责任。其结果你们完全成了傀儡而甘心供野心家利用。

以上的话并非毫无根据的妄语。我在你身上就找到了例证。你可以算是贵国人的一个最好的典型，只除了迷信佛教的一点，但是贵国人中间有这种程度的迷信的人也并不少。一九三五年元旦后一天在你的家里，你的一个年轻友人从东京拿了孙俍工著的《续一个青年的梦》来，那个青年怒气冲天地说了许多话，你在旁边附和着。你们的论调差不多是一致的。只是你的话比较温和。那时我虽然不能完全听懂你们的谈话，但我也明白你们的愤怒是因为孙君在那本书的序言里对贵国军阀侵占东北四省的行为表示了愤慨而起的。孙君把书寄给武者小路氏，因为他还尊敬《一个青年的梦》的著者，他还信任白桦派的领袖作家为中国的友人，如武者小路氏一度所自称过的；他诚恳地诉于人道主义者的武者小路氏的良心，希望他出来对这危害人类繁荣的野蛮势力加以抨击。然而武者小路氏却在罪恶之前沉默了。这个非战论者辜负了异国信从者对他的信任。这还是两年前的事，最近听说武者小路氏更继山川均、林房雄之后而为军阀、政客张目。连武者小路氏也变到这样的地步，无怪乎自由主义者的室伏高信会成为军阀的爪牙，而高唱"非迅速战胜中国不可"了。

你们盲目地接受了新闻纸的虚伪的报导，你们盲从地听信了军阀、政客的恶毒的宣传，你们从不运用理智加以判断。是你们的"皇军"在中国的土地上做了种种的暴行。你们的军人烧了中国百姓的房屋，毁了中国人民的财产，害了中国人的生命。却从没有见过一个中国人带着凶器踏上你们的国土。在我们这里没有一个人想过到你们那里去妨害你们的和平生活，或者将种种暴行加到你们的身上。我们的人民从前甚至不曾想过伤害你们的一根头发。甚至对于来到这里的贵国侨民我们也诚心地加以款待和援助。中国人常常是没有种族观念的。事实上人类本来是一个整体，不能因为种族的不同而有所歧视；民族间本无所谓仇恨，一切纠纷皆由少数野心家挑拨煽惑而起。这个你们应该知道，而且我想你们也是知道的，因为我们在你们那里也曾得到一部分居民的友好的帮助，甚至使得一个友人写下了美丽的诗篇。我们从没有起过把你们看作仇敌的念头。有时候我们反而视你们为亲密的兄弟。这个也有事实为证。但是你们终于听信统治阶级的宣传，落入军阀的圈套，受到政客的利用，甘心背叛了这兄弟一般的情谊。大震灾时期中对于手无寸铁而同样遭难的中国侨民的屠杀事件，构成了贵国历史的最卑污的一页。

将无可挽救的天灾归咎于和平的异国侨民，这就是你们不用理智判断事物的表现。我们若把这个视作开端，便应该知道这类事情以后愈演愈烈终至于不可收拾，所谓"一步走错，步步都错"，不过如是。所以到今天你们居然相信贵国占领满洲并无领土野心；傀儡溥仪乃是真命天子；你们的"皇军"赶走了满洲的"马贼"，使人民能够安居乐业；你们的军人在中国真正保护侨民；

中国人是一群毫无原因地发动抗日的狂人。这些都是渺茫的神话，你们却当作真实而接受了。我看见你给文姑儿代拟寄守卫满洲的兵士的慰劳信稿。你借那个十一岁姑娘的口吻感谢他们保卫你们的"功绩"，我当时并不曾和你争论。但是一个有理性的人应该知道：纵使没有贵国的"皇军"在满洲占领土地，残杀居民，你们也可以安居乐业。你们所害怕的满洲的"马贼"（？）是不会杀到你们的岛上来的。

贵国的"皇军"占据满洲的结果，固然使中国人民遭受了巨大的损失，但是你们也并不曾得到好处。在你们的肩上增加了一笔负担，在你们中间死亡了二十万子弟，到现在满洲还只是一个冒险家的乐园，浪人棍徒的发财捷径，并没有一个善良的侨民能够在那里安居乐业。然而少数的军人却由于这个机会升了官，得了勋章。

这是一个明显的教训，它应该把你们从迷梦中唤醒起来。然而你们至今还是无动于衷，甚至发出来对于"王道的新天地"的歌颂。你们竟然愚昧到掩着身上的创伤跟在给你们以损害的军阀、政客的后面歌功颂德了。

不但这样，就是在昨天，在今天，当贵国的"皇军"在闸北纵火、焚烧中国平民的房屋、屠杀未及逃出的老百姓的时候，你们东京市民却在举行庆祝大会，成群地跑到皇宫和海陆军省的门前高呼"万岁!"，我的一个朋友从无线电收音机中听到那疯狂的"万岁"的叫声，竟然悲愤地落下了眼泪。

武田君，你看，你们和平的人民竟然把贵国的军阀纵容到这样的地步! 所以中国人民横遭残杀，刽子手虽为"皇军"将士，而你们也不能辞其咎。

炮声冲破了沉寂的空气。贵国的"皇军"又在表显他们的威力了。武田君，你想想看，倘使有一天你对面的山上架起了中国的大炮，向着你那所精致的小屋轰击，你会有什么样的感想? 你能够把这个认为正当的行为，作为对于你们轻侮中国的一种"膺惩"么? 我想你是不会的。那么对于贵国军阀的行为，你们怎么能认为正当而加以拥护呢？

1937 年 10 月 28 日。

二

窗外又是一片火光。这一次是那个古老的城市在焚烧了。许多人的生命，许多人的财产会跟着这场大火化为灰烬。爱、和平、幸福、青春、希望，在半天的功夫全成了烟云。散了，散了，一切美丽的东西全完了。在南市有十万以上的难民鹄立在街头等候租界铁门的开放，为的是逃避贵国"皇军"的枪刺。没有水喝，没有粮食充饥，他们已经在民国路一带站了三四天了，天上落着下不尽的细雨，初冬的夜是十分寒冷的，一边是吞噬一切的火光，一边是冷硬的铁门，你们"皇军"的枪刺又在不远处发亮。恐怖、痛苦、疲倦、寒冷、饥饿使这些人在三四天里就失了形。看见那无数的挥动着的手，看见那惨白的瘦削的面颜，谁想得到他们在几天前还是和平甜蜜的家庭中的父母、夫妇、子女呢？是什么人使他们堕入在这惨苦的深渊？是什么人夺去了他们的和平与幸福？武田君，这个是你们不会知道的。你们知道的只是贵国的"皇军"在那些废墟上向世界夸耀军事的胜利。你们看见的只是贵国军官的得意的笑颜。你们的目光常常是这么浅短的。

武田君，我相信你们大部分人的忠厚与诚实，这使我能够和少数贵国人士结了亲密的友谊。但是你们中间一小部分人的狡诈与狠毒却是不可宽恕的。要证明那一小部分人的卑劣的行为，在华北和南方便有不少的实例。我想你一定知道，因为你也曾游历过华北，住过上海，这个我且不说。但是无论别人怎样花言巧语，你能够相信在南市忍饥挨饿、家毁人亡的十多万难民都是凶恶的"抗日分子"而必须身受"皇军"的"膺惩"么？武田君，我想你会相信的。然而我可以向你保证，他们都是安份守己的市民，从前并不知道抗日是怎么一回事情，他们从来不是抗日分子，但是从最近起他们都变成那样的人了。这切肤之痛会在和平人民的心上留下不灭的痕迹。中国的政府从前忽略了他们。而贵国的军人现在却用刀、用枪、用火、用大炮、用炸弹把他们教育了。是"膺惩"产生了抗日行为的。这因果关系你们应该知道。

武田君，我知道在你们那里到现在还有不少的人在做征服中国的好梦。记得几年前九洲帝国大学教授某氏游历了华北返国后，就得意地发表了他的"中国必亡论"的演讲。他的论据是十分奇特的：他在天津看见一对夫妇在街上吵架，女的披头散发地哭骂不休，做丈夫的反而低声下气地安慰她。某氏说这是反常的行为。从这反常的行为他就断定了中国的必亡。连大学教授的某氏也发出了这种议论，可见你们的朝野是如何处心积虑地图谋着中国的"必亡"了。但是你们的论客还口口声声嚷着"中国无理抗日"的话。

武田君，你应该劝告你的同胞不要做征服中国的痴梦了。单用武力永久征服一个民族，并不是可能的事。单独的民族的繁荣是不会久远的，纵有一时的美景，也不过是昙花一现，留下来的只是灭亡。能够长存不朽的乃是人类的繁荣。这样的繁荣只能由各个民族的联合的努力来实现。而联合的努力又必须立在友爱与互助的基础上。你们的论客到今天还在梦想着大和民族的单独的"发展飞跃"。可惜他们不曾凭吊希腊、罗马的废墟，没有思索秦皇、汉武的霸业，与夫拿破仑、成吉思汗的雄图。这一切只给了后人一点点渺茫的憧憬，而成为历史家舞文弄墨的资料了。那么你们的一批一批的青年兵士到上海，到华北来作战又是为了什么呢？

武田君，听说熊本师团的一部分已经到上海作战了。你是后备役，大概目前还轮不到你。那么你还在你那精致的小屋中过你的书生生活罢。啊，我想起文姑儿给我的信函了："已经是连虫声也静下去了的深秋了。×先生在这样静寂的夜里读书的姿态还在我的眼前浮现。"这封信给了我一些美丽的回忆。我想起我从前在你那和睦的家庭里度过的一些恬静的日子，我想起你那美丽的友情，我想起那精致的小庭园和在那里看见的山下的奇丽的街景和海景。但是这些都被炮声冲散了，大炮横在我们两人的中间。大炮毁坏了我们在这边所努力建立起来的一切，而且以后还会给我们带来更多的损害。但是你那精致的小屋与和睦的家庭恐怕也难永久保全罢。

所以你应该出来有所动作了。我并不是来求助于你，我并不代表那无数受了损害的中国人民来求你们给一点点同情。决不是这样。我要求的，只是你和你的同胞们的反省，希望你们起来和我们共同努力，毁灭那个破坏人类繁荣的暴力。

11 月 15 日。

我说， 这是最后一次的眼泪了[①]

我说，这是最后一次的眼泪了，

哭泣是很可羞耻的事情。

这里是一具一具血淋淋的尸体，

那里是一堆一堆建筑物的余烬。

杀啊，抢啊，烧啊！——在疯狂地欢呼声中，

武士道的军人摇着太阳旗跑过去了。

机关枪——长铳——大炮！

---

① 本篇最初发表于一九三一年十一月十日《小说月报》第二十二卷第十一号。

许多兄弟的工作白费了，
许多兄弟的房屋烧毁了，
许多兄弟的生命丧失了。
我们哀哀地哭着。
我说，这是最后一次的眼泪了，
哭泣是很可羞耻的事情。

我说，这是最后一次的眼泪了，
哭泣是很可羞耻的事情。
黑暗的夜，恐怖的白昼。
火光，枪声，兽的叫喊，人的哭泣。
枪刺上挂着小孩的尸体，
鲜红的血一点一点往下滴；
大街上蜷伏着老妇人的瘦躯，
武士们拿她当作了死狗乱踢。
许多母亲，许多儿子，
我们的，我们兄弟的，
就这样地给人屠杀了。
我们哀哀地哭着。

我说，这是最后一次的眼泪了，
哭泣是很可羞耻的事情。

我说，这是最后一次的眼泪了，
哭泣是很可羞耻的事情。
我们的眼泪……我们兄弟的眼泪；
我们的哀泣……我们兄弟的哀泣。
武士们的屠杀……刽子手的屠杀；
武士们的狂欢……刽子手的狂欢。
武士们的酒……我们的血、泪；
武士们的肴……我们的骨、肉。
武士道，江户儿，大和魂，
我们的血，我们的泪，我们的心。
武士们得意，狂笑，
我们哀哭，呻吟……
我说，这是最后一次的眼泪了，
哭泣是很可羞耻的事情。

我说，这是最后一次的眼泪了，

哭泣是很可羞耻的事情。

我们的眼泪已经流得太多了！

给武士们当枪靶子的生活也过得很够了！

我们的血管里还流着人的血，

我们的胸膛里还跳着人的心：

我们要站起来，像一个人。

我们要坚决表示：不是任人宰杀的羊群，

我们要靠自己来决定我们的命运。

我说，这是最后一次的眼泪了，

哭泣是很可羞耻的事情。

1931 年 9 月 29 日深夜。